# FABLES DE LOQMAN.

*Se trouve À PARIS,*

Chez GALLAND, libraire, palais du Tribunat, galeries de bois, n.° 223. *Prix 1 fr. 20 cent.*

On peut se procurer chez le même libraire les Ouvrages imprimés en Égypte.

On y trouve aussi le *Tableau de l'Égypte*, 2 vol. *in-8.°* Prix *9 fr.*

# FABLES DE LOQMAN,

## SURNOMMÉ LE SAGE;

Traduites de l'arabe, et précédées d'une Notice sur ce célèbre Fabuliste;

PAR J.-J. MARCEL.

*SECONDE ÉDITION,*

*Augmentée de quatre Fables inédites.*



A PARIS,

DE L'IMPRIMERIE DE LA RÉPUBLIQUE.

---

AN XI = 1803.

Les exemplaires ont été fournis à la Bibliothèque nationale.

# AU CONSUL LEBRUN.

CITOYEN CONSUL,

*En osant vous présenter cet opuscule, l'un des monumens de l'antique littérature Arabe, je satisfais, à-la-fois, à deux devoirs qu'il m'est doux de remplir. Si cette dédicace est une offrande bien due au Magistrat ami des Arts et des Lettres, qui le protége, et les honore en les cultivant lui-même ; elle est aussi l'expression de ma vive reconnoissance pour la bienveillance dont vous avez toujours honoré, moi et ma famille.*

*Veuillez excuser ce libre hommage en faveur des sentimens qui l'ont dicté.*

J.-J. MARCEL,

Directeur de l'Imprimerie de la République.

# AVIS
## DE L'ÉDITEUR.

LA traduction Françoise des Fables du célèbre LOQMAN, que nous offrons aujourd'hui au public, a déjà paru au Kaire en l'an VIII [1799, v. st.], accompagnée du texte original Arabe.

Cet ouvrage, l'un des premiers produits littéraires sortis des presses de l'Imprimerie nationale, étoit sur-tout destiné par son auteur, le C.en Marcel, alors directeur de cet établissement, soit aux François qui vouloient commencer l'étude de l'idiome Arabe, soit aux habitans du pays qui s'efforçoient d'apprendre un peu le langage

François. Les uns et les autres s'empressèrent d'en faire usage, et rendirent plus d'une fois témoignage des avantages qu'ils en avoient retirés.

L'accueil flatteur dont le public a bien voulu l'honorer, et l'avidité avec laquelle on a recherché les exemplaires qui en sont parvenus en France, ont fait penser qu'on en verroit peut-être avec plaisir une édition nouvelle. On a cru d'ailleurs que cette édition, purement Françoise, étant plus à la portée de tous les lecteurs que la première, pourroit même être adoptée avec utilité pour l'éducation des jeunes gens, dont la plupart connoissent déjà les fabulistes François, Latins et Grecs, mais pour qui ceux des peuples Orientaux ont été jusqu'à présent à-peu-près inconnus.

Cette édition du plus célèbre recueil d'apologues Arabes, sera suivie de celle, dans le même format, des principaux fabulistes Persans, Turks, Indiens, &c. dont la collection présentera un cours complet de morale en apologues, et, si on peut le dire, l'*encyclopédie fablière* de tout l'Orient.

Les quatre fables inédites que cette édition contient de plus que la précédente, sont tirées d'un manuscrit de Loqman, faisant partie de ceux que le C.en Marcel a recueillis en Égypte: elles se trouvent également, mais avec quelques différences et quelques variantes, dans le manuscrit unique que possède la Bibliothèque nationale, des Fables de Loqman (n.° 540 des manuscrits de S.t Germain-des-Prés). Le C.en Silvestre de Sacy, professeur de l'école spéciale des langues Orientales, a bien voulu en donner une copie au C.en Marcel, qui l'a conférée avec soin sur le manuscrit original de la Bibliothèque, que le C.en Langlès, conservateur des manuscrits Orientaux, lui a communiqué avec son obligeance ordinaire.

# NOTICE

## HISTORIQUE, LITTÉRAIRE ET CRITIQUE

## SUR LOQMAN.

LES fables de LOQMAN jouissent, chez tous les peuples de l'Orient, d'une célébrité d'autant mieux méritée, que leur origine remontant, suivant l'opinion la mieux établie, à l'antiquité la plus reculée, elles ont dû par conséquent servir de modèle et de matière aux autres fabulistes, qui n'ont tous existé qu'à des époques de beaucoup postérieures.

On a donc pu penser qu'on ne

verroit pas sans intérêt une édition de ces fables, qui, seules peut-être avec celles de Bidpai [a], ont droit de porter le titre d'originales ; les fables d'Ésope, un grand nombre de celles de Phèdre [b], et même de notre la Fontaine [c], n'en étant

---

[a] *Voyez* à la fin la note I.re

[b] Phèdre avoue lui-même, au commencement de son premier livre, qu'il avoit emprunté d'Ésope le sujet de ses fables :

*Æsopus auctor quam materiam reperit,*
*Hanc ego polivi versibus senariis.*

PHÆD. Prolog.

[c] « Je dirai par reconnoissance que je » dois une partie de mes fables à Pilpai, » sage Indien : les gens du pays le croient » fort ancien à l'égard d'Ésope, si ce n'est » Ésope lui-même sous le nom du sage » Lokman. »

LA FONTAINE, *Préface.*

presque que des traductions et des copies.

C'est parmi les peuples Orientaux que l'apologue a pris naissance : dans ces pays où les princes, accoutumés dès l'enfance à la plus grossière flatterie, ne montoient presque tous sur le trône que pour exercer le despotisme le plus absolu, personne n'eût osé donner sans déguisement des conseils à celui dont le glaive, suspendu indistinctement sur toutes les têtes, pouvoit au même instant trancher la vie du conseiller imprudent dont les avis auroient blessé l'orgueil du diadème.

C'est cette crainte qui, forçant

les sages et les philosophes de l'Orient à envelopper leurs leçons salutaires du voile mystérieux de l'allégorie et de la fable, leur fit inventer l'apologue.

D'ailleurs, le génie des langues Orientales se prêtoit assez à ces fictions ; et rien ne pouvoit mieux convenir au style de l'allégorie que ce langage figuré et rempli de métaphores, adopté généralement dans tous les idiomes des peuples de l'Orient.

Aussi voyons-nous l'apologue employé dès la plus haute antiquité parmi les Hébreux ; et un de leurs livres sacrés nous a conservé en entier la fable célèbre *des*

*Arbres*

*Arbres et du Buisson*[a], qui est certainement l'apologue le plus ancien qui nous soit connu.

Nous voyons aussi dans un autre de leurs livres[b] le prophète Nathan employer l'apologue[c] pour donner à David son souverain une leçon sévère et hardie, mais adroitement amenée, et dont le trait, loin d'être émoussé par l'enveloppe sous laquelle il étoit caché, en devient au

---

[a] Cette fable se trouve dans le chap. IX du livre *des Juges*, où elle est mise dans la bouche de Youathâm, le plus jeune des enfans de Yeroba'âl, qui emploie cet apologue pour exciter les Sichémites contre Aby-melek son frère aîné.

[b] Samuel, *Liv. II, chap. XII.*

[c] *Voyez* à la fin la note II.

contraire plus aigu et d'une plus sûre atteinte.

Les livres de Salomon, si révéré sous le nom de *Souleyman* parmi les Orientaux [a], qui lui donnent le titre de *Père de la vraie sagesse*, et le regardent comme un philosophe universel à qui rien dans la nature n'étoit inconnu « depuis » l'humble hysope des murailles » jusqu'au cèdre altier du Liban », ces livres sont remplis d'allégories, de paraboles et de comparaisons continuelles, qui, si elles étoient plus long-temps soutenues, formeroient de véritables apologues.

---

[a] *Voyez* à la fin la note III.

Le goût pour le style allégorique s'est conservé dans l'Orient jusqu'à nos jours; et le langage usuel y admet habituellement des phrases métaphoriques, des expressions emblématiques et figurées, dont l'exacte sévérité de nos langues Occidentales n'oseroit adopter l'usage.

S'il est réellement vrai qu'Ésope n'est pas un personnage de pure invention, il n'exista du moins que très-long-temps après Loqman. Plutarque, Suidas et Pausanias s'accordent à placer Ésope au temps de Crésus, roi de Lydie, et de Solon, législateur des Athéniens, c'est-à-dire, dans l'intervalle de la 46.^e^ et de la 55.^e^ olympiade [a] : or, tous les écrivains Orientaux, soit Arabes, soit Persans, se réunissent pour assurer que Loqman existoit à une époque plus reculée de cinq cents ans que le temps d'Ésope, à l'époque où ils placent chez les Hébreux le règne de David [b], et chez les Persans, de

---

[a] La 46.^e^ olympiade répond à l'an 596, et la 55.^e^ à l'an 560 avant l'ère vulgaire.

[b] « Le premier qui écrivit sur la sagesse » et la morale fut Loqman, et il vivoit dans » le temps du roi David. »

ABOU-L-FARAG, *Dynastie III.*

Quelques auteurs reportent même Loqman à des temps encore plus éloignés, le faisant fils de Bâour fils de Nakhor fils de Taréh, et par conséquent petit-neveu d'Abraham.

Kaykaous et de Kaykhosrou [a]. Dans ce cas, Loqman auroit été original à l'égard d'Ésope, qui n'auroit fait que traduire les apologues du fabuliste Arabe, dont il auroit pu connoître les ouvrages dans le séjour qu'il fit, dit-on, à la cour de différens princes de l'Asie.

Mais une opinion plus généralement reçue, et qui a en effet beaucoup plus de probabilité et de vraisemblance, c'est que Loqman est le même que les Grecs, qui ont ignoré son vrai nom, nous ont fait connoître sous celui de sa nation, en l'appelant *Ésope ;* ce nom, en grec

---

[a] *Voyez* à la fin la note IV.

Αισωπος, n'étant autre chose que le mot Αιθιωψ, Αιθιωπος, *Éthiopien*, altéré par un changement de lettre qui a souvent eu lieu dans le passage des mots d'un dialecte dans un autre.

En effet, Loqman étoit Hhabechy, c'est-à-dire, esclave Abyssin ou Éthiopien ; et les écrivains Orientaux rapportent de lui presque toutes les particularités que l'on a par la suite attribuées à Ésope, et qu'on lit dans les récits que nous avons sur la vie de ce dernier fabuliste. Un précis de quelques-unes de ces particularités, tiré des écrivains Orientaux[a], pourra venir à l'appui

---

[a] Une partie des anecdotes suivantes est

des raisonnemens qui établissent l'identité d'Ésope et de Loqman.

Loqman étoit, comme on vient de le voir, de la race de ces esclaves noirs à grosses lèvres et à cheveux crépus, que l'on tiroit de l'intérieur de l'Afrique pour les transporter et les vendre dans les diverses contrées où cette espèce de commerce avoit lieu. Loqman fut ainsi transporté et vendu chez les Hébreux sous les règnes de David et de Salomon. Son emploi ordinaire étoit de garder les troupeaux de son maître; et c'est dans

---

extraite du *Djeouaher êl-Tefsyr*, qui contient un abrégé des principales actions et des plus belles sentences de Loqman.

cette occupation oisive, qui lui laissoit tout le temps de la méditation, qu'ayant reçu de Dieu, ainsi que l'assurent les écrivains Orientaux, le don de la sagesse[a],

---

[a] L'auteur d'un commentaire Arabe sur le Qoran, intitulé *Tefsyr êl-Fourqan*, fait ainsi le récit de l'occasion où Loqman reçut de Dieu le don de la sagesse :

« Un jour, dit-il, pendant le sommeil du midi, des anges invisibles saluèrent Loqman, qui, ne voyant personne, ne fit aucune réponse. Les anges lui dirent alors : « Nous sommes envoyés par Dieu, » ton créateur et le nôtre, pour t'offrir l'au- » torité et l'empire sur toute la terre. » Loqman leur fit cette réponse : « Si Dieu » ordonne absolument que je reçoive cette » puissance, sa volonté doit s'accomplir, » et j'espère recevoir en même temps de

il composa ses apologues, ses paraboles, ses sentences proverbiales, dont on fait monter le nombre jusqu'à dix mille.

De cette quantité prodigieuse d'ouvrages instructifs, dont la réunion formoit comme un code de morale, la tradition ne nous a

---

» lui les moyens d'exécuter fidèlement ses » ordres ; mais si je suis libre d'exprimer » mon choix, je préfère à ce haut rang » l'état d'esclavage où je me trouve, et où » je puis conserver ma probité et mon in- » nocence, que pourroient altérer les gran- » deurs où je serois élevé. »

« Cette réponse, ajoute l'auteur du commentaire, fut si agréable à Dieu, qu'il lui donna aussitôt le don de la sagesse, dont Loqman se servit pour instruire les hommes. »

conservé qu'un petit nombre de fables que la main destructive du temps a bien voulu épargner; et ce petit reste, qui a surnagé sur l'abîme des siècles, ne sert qu'à nous faire regretter davantage ce qui y a été englouti.

Les anecdotes sur la vie de Loqman se trouvent éparses dans un grand nombre d'auteurs Orientaux, qui s'en sont servis pour orner et enrichir leurs traités ou leurs poëmes. J'ajouterai ici les extraits de quelques-uns de ces écrivains, pour suppléer à une vie complète de Loqman, qui nous manque.

Le célèbre poëte Persan Gelal-êd-dyn[a] rapporte, dans son poëme moral intitulé *Methnawy*, un trait de Loqman que les auteurs de la Vie d'Ésope ont également raconté de ce dernier. Gelal-êd-dyn se sert de ce trait pour en faire une application morale réellement singulière.

« Loqman, dit-il, fut accusé auprès de son maître par d'autres esclaves, d'avoir mangé des fruits, qu'ils avoient mangés eux-mêmes;

---

[a] Ce poëte fut surnommé *êl-Balkhy*, c'est-à-dire natif de *Balkh*, ville principale de la province du Khorasan, ou de l'ancienne Transoxiane: elle est située à 66° de longitude et à 36° de latitude; à dix parasanges de l'Oxus, que les Persans appellent *Nehri Balkh* [fleuve de Balkh].

mais le sage se justifia en buvant de l'eau chaude, dont il fit aussi boire à ses accusateurs : ils vomirent bientôt les fruits devant leur maître, et l'innocence de Loqman fut reconnue.

» O vous, ajoute le poëte, vous qui vous couvrez ici-bas des vêtemens de l'homme probe, et qui recélez tous les vices dans vos cœurs, lorsqu'au grand jour du jugement on vous donnera à boire de cette eau chaude et brûlante, ce que vous avez caché avec tant de soin paroîtra à la face de l'univers, et l'estime que vous vous serez acquise par votre hypocrisie, se changera alors en confusion et en honte. »

Waheb,

Waheb, dans un commentaire en langue Turke sur la 31.e sourate du Qoran, rapporte quelques sentences ou maximes de notre fabuliste.

« On demandoit, dit-il, un jour à Loqman, de qui il avoit appris la sagesse et le discernement qu'il faisoit briller en toutes choses. « C'est, répondit ce sage, » des aveugles, qui ne veulent rien » croire que ce qu'ils touchent. »

« C'est Loqman, ajoute encore Waheb, qui a dit le premier que la langue et le cœur étoient les parties du corps de l'homme et les meilleures et les pires. » Cette maxime a été attribuée aussi à

Ésope par les historiens de sa vie.

Le plus illustre des poëtes Persans, Sa'dy [a], rapporte dans son *Bostan* et dans son *Gulistan* [b], plusieurs maximes et plusieurs traits de Loqman, dont je traduirai ici les deux suivans :

« Une caravane dans laquelle se trouvoit Loqman, fut pillée par des brigands que ne purent émouvoir ni les pleurs ni les lamenta-

---

[a] *Voyez* à la fin la note V.

[b] Le texte du *Bostan* n'a pas encore été imprimé ; mais G. Gentius a donné en 1654, à Amsterdam, une édition Persane et Latine du *Gulistan*, sous le titre de *Musladini Sadi Rosarium politicum, sive amœnum sortis humanæ Theatrum.*

tions des marchands dépouillés. Un de ceux-ci dit à Loqman : « Tu » devrois donner à ces voleurs des » leçons de sagesse et de bonne » conduite ; peut-être, changés » par tes avis et tes remontrances, » nous rendroient-ils une portion » de nos biens, et répareroient-» ils, du moins en partie, le dom-» mage considérable qu'ils nous » ont causé. » — « Ce seroit un » bien plus grand dommage, ré-» pondit Loqman, de prostituer » des leçons de sagesse à des scé-» lérats incapables de les com-» prendre et de les apprécier ; il » n'y a point de lime qui puisse pur-» ger le fer de sa rouille, lorsque

» cette rouille l'a consumé entiè-
» rement. »

« On demandoit à Loqman d'où il avoit tiré ce trésor de sagesse et de vertu qu'il possédoit à un degré si éminent. « C'est, répondit-il, » des gens méchans et vicieux ; » c'est en voyant leurs actions, et » en les comparant avec ce que » ma conscience m'indiquoit à » moi-même, que j'ai appris ce » que je devois éviter et ce que je » devois faire : l'homme sage et » prudent doit tirer de l'utilité » des poisons eux-mêmes ; tandis » que les préceptes les plus sages » ne servent de rien pour l'in- » sensé. »

On lit dans le *Niguiaristan*[a] un trait assez remarquable :

« Le maître de Loqman lui ayant donné un jour à manger un melon amer (ou coloquinte[b]), il le

---

[a] *Voyez* à la fin la note VI.

[b] *Cucumis amarus*, *Colocynthis sylvestris.* (*Cucumis colocynthis*, LIN.)

Cette plante, qui croît dans les îles de l'Archipel et dans tout le Levant, est cultivée au jardin du Muséum d'histoire naturelle : elle est remarquable par la forme de son feuillage, et sur-tout par la pulpe très-amère et violemment purgative de ses fruits. On apporte d'Alep cette pulpe dépouillée de son écorce et desséchée ; elle est fongueuse, presque membraneuse, blanche, légère, âcre et d'une amertume insupportable au goût. On l'emploie comme hydragogue et emménagogue ; mais on ne doit s'en servir qu'avec la plus grande mangea sur-le-champ sans témoigner de répugnance. Étonné de cet acte d'obéissance, son maître lui demanda comment il avoit pu manger un fruit aussi désagréable au goût. « J'ai reçu si » souvent de vous des douceurs, » lui répondit Loqman, qu'il n'est » pas étonnant que j'aie mangé » le seul fruit amer que vous » m'ayez présenté en ma vie[a]. »

---

circonspection, à cause des effets dangereux qu'elle pourroit produire. LAMARCK, *Dict. botanique.*

[a] Cette réponse, qui est admirable, fut par la suite employée par l'armée du sultan Alpteghin, qui, vaincu, sans ressource, n'ayant plus même de quoi payer ses soldats, leur conseilloit de l'abandonner et

Son maître, touché de ses sentimens vertueux et de sa sagesse, lui donna la liberté; ce que l'on raconte également d'Ésope.

Je terminerai par le récit suivant le précis des anecdotes rapportées sur la vie de Loqman par les écrivains Orientaux.

Loqman étoit un jour assis au milieu d'une foule de personnes qui s'empressoient autour de lui

---

de se ranger sous les drapeaux de son ennemi et de son vainqueur. Ces braves gens ne voulurent jamais le quitter; et le sentiment généreux qu'ils exprimèrent en citant les paroles mêmes de Loqman, fut bientôt après récompensé par la pleine victoire qu'ils remportèrent sur l'armée ennemie.

pour profiter de ses leçons ; un homme qui prétendoit à la réputation de philosophe, jaloux de le voir environné de ce cercle nombreux d'auditeurs, lui demanda, d'un air méprisant et dédaigneux, s'il n'étoit pas cet esclave qu'on voyoit naguère conduire les troupeaux. « Il est vrai, dit modeste-
» ment Loqman, c'est moi-même. »
L'envieux lui demanda alors comment il étoit parvenu à monter du rang des pâtres à celui des sages et des philosophes. « C'est, répondit
» Loqman, en accomplissant avec
» exactitude les trois maximes sui-
» vantes, dont on ne peut assez
» vanter l'utilité : *Dis toujours la*

» *vérité sans déguisement, à quelque*
» *danger qu'elle puisse t'exposer;*
» *— garde inviolablement les pro-*
» *messes que tu auras faites; — et*
» *ne te mêle jamais de ce qui ne te*
» *regarde point.* » . . . . . . . . . .

L'auteur du *Tarykh Mountèkhèb* assure que de son temps le tombeau de Loqman se voyoit encore à Ramléh [a], petite ville de Syrie,

[a] Ramléh, ancienne ville de la Palestine sur le chemin de Yaffa à Jérusalem, au milieu d'une grande plaine et dans un terrain très-sablonneux : c'est de cette situation qu'elle a tiré son nom ; le mot *raml* signifiant *sable* en langue Arabe. Ramléh est à trois lieues E. de Yaffa, et à huit lieues N. E. de Jérusalem : sa latitude est de 32° et sa longitude de 52° 30'. Les Musulmans

à peu de distance de Jérusalem.

Abou-Leyth donne à Loqman le surnom d'*Abou-Ana'm*, c'est-à-dire, *Père d'Ana'm* : cependant quelques écrivains prétendent, contre l'opinion commune, que son fils portoit le nom de *Mathan.*

Mais le surnom sous lequel Loqman est le plus connu parmi les Orientaux, et par lequel ils le désignent le plus généralement, c'est celui d'*êl-Hhakym* [le Sage].

---

y révèrent les tombeaux de soixante-dix prophètes, qu'ils croient y être enterrés. Cette ville est celle que les voyageurs appellent *Rama* ou *Ramah* : elle a aussi porté anciennement les noms de *Ramula*, de *Ramath* et de *Ramatha.*

Ce mot renferme en même temps les deux qualifications de sagesse et de science; et le proverbe *Vouloir enseigner quelque chose à Loqman*, est employé ordinairement dans l'Orient pour exprimer une chose absolument impossible.

Au surplus, la sagesse de Loqman est regardée par les Musulmans comme un point de croyance d'autant plus incontestable, qu'il est fondé sur le témoignage du livre même de leur religion. Le chapitre XXXI du Qoran est intitulé *Sourat Loqman* [chap. de Loqman][a]; et dans le onzième verset de ce

[a] *Voyez* à la fin la note VII.

chapitre, Mahomet fait parler Dieu en ces termes :

Oua - leqad âteynâ Loqmâna êl-hhikmeta.

« *Et certes nous avons donné la sa-*
» *gesse à Loqman.* »

Dans le verset suivant, le prophète met dans la bouche de Loqman ces maximes sur l'unité de Dieu, qu'on trouve répétées à chaque page du Qoran :

*Et lorsque Loqman dit à son fils qu'il vouloit instruire :* « *O mon fils !*
» *n'associe personne à* DIEU ; *car*
» *donner à* DIEU *un égal, est une*
» *erreur bien coupable.* »

Dans ce passage, Mahomet se sert de l'autorité de Loqman pour

étayer

étayer ses propres opinions et les faire adopter par ses compatriotes ; ce qui prouve à quel degré d'estime et de considération devoit être notre fabuliste parmi les Arabes à l'époque où le Qoran fut publié. Cette estime n'a fait qu'augmenter jusqu'à présent ; et plusieurs docteurs Musulmans ne balancent pas même à donner à Loqman le nom de *Saint* et de *Prophète*.

Dans la traduction Françoise dont j'ai accompagné l'édition Arabe, je me suis proposé avant tout de suivre le texte le plus littéralement qu'il m'a été possible, et j'ai souvent sacrifié l'élégance de la phraséologie au desir d'une exactitude scrupuleuse : j'y ai été engagé par la persuasion que je pourrois peut-être par-là être de quelque utilité aux personnes qui, voulant se livrer à l'étude de la langue Arabe, ont été jusqu'ici arrêtées par le manque de traductions littérales.

J.-J. MARCEL.

# FABLES DE LOQMAN LE SAGE.

## FABLE[a] I.re

### LE LION ET LES DEUX TAUREAUX.

UN lion s'élança une fois contre deux taureaux ; mais ils se réunirent ensemble, en lui opposant

[a] Le mot Arabe traduit ici par *fable*, signifie proprement *une comparaison*, *une similitude.* Les auteurs Arabes expliquent ce mot dans leurs dictionnaires, par la définition suivante : *Manière de parler dont la signification est différente de ce qu'elle exprime.* On donne souvent cette dénomination aux proverbes et aux maximes morales ;

leurs cornes, et il ne put pénétrer entre eux deux. Alors il cessa ses attaques; et employant la ruse, il leur promit de ne plus rien entreprendre contre eux, quand bien même l'un d'eux s'écarteroit de son compagnon. Sur cette assurance, l'un des taureaux s'éloigna, et le lion les mit en pièces tous les deux l'un après l'autre.

*CETTE FABLE SIGNIFIE* [a]

Que deux villes, lorsque leurs

---

mais elle est employée plus particulièrement pour désigner d'une manière spéciale les paraboles, les apologues et les fables.

[a] Mot à mot en arabe : *Cela la signification de lui*, ou *Cette signification de lui*.

habitans sont réunis en un seul sentiment, ne peuvent avoir rien à craindre de leurs ennemis : mais si la discorde les sépare, elles périssent l'une et l'autre.

# FABLE II.

## LA GAZELLE[a].

UNE biche, ou une gazelle[b], ayant un jour soif, vint pour boire

[a] *Capra gazella*, FORSKAL. *Antilope dorcas*, LINN.

[b] Le texte Arabe emploie ici pour exprimer *la gazelle*, deux mots qu'il explique l'un par l'autre. Le premier *( âyl )* est peu connu et même presque inusité actuellement dans la langue Arabe ; mais il se retrouve dans l'hébreu, le chaldéen, le samaritain, le syriaque et presque toutes les autres langues Orientales, d'où l'arabe a dû le tirer : il se reconnoît encore dans l'ελαφος des Grecs, la syllabe φος n'étant qu'une terminaison additionnelle. Le second mot *( ghâzal )* est celui même que nous avons emprunté des

à une fontaine. Voyant son image dans l'eau, elle remarqua avec tristesse la forme grèle et menue de ses pieds, et avec joie la grandeur et l'élévation de ses cornes. Au même instant des chasseurs se mirent à la poursuivre, et elle prit la fuite. Tant qu'elle fut dans la plaine, ils ne purent parvenir à l'atteindre; mais, lorsqu'entrée dans les gorges de la montagne [a] elle passa

Arabes, et n'est autre chose que notre mot François *gazelle.* Il est à remarquer que le manuscrit de la Bibliothèque nationale emploie plus souvent le mot *âyl* que le mot *ghâzal.*

[a] L'arabe porte mot à mot, *entrée dans la montagne.*

à travers les arbres, elle fut bientôt prise et mise en pièces. Sur le point de mourir, elle dit ; « Malheur à » moi, infortunée que je suis ! ce » que je dédaignois m'a prolongé » la vie, et ce que je préférois me » la fait perdre. »

## FABLE III.

### LA GAZELLE.

UNE gazelle étant un jour tombée malade, ceux des animaux avec lesquels elle avoit été liée d'amitié, vinrent ensemble la visiter et lui tenir compagnie. Ils mangèrent, pendant le temps de leur séjour, toutes les herbes et les fourrages qui étoient autour d'elle; et quand elle fut relevée de sa maladie, elle chercha vainement de quoi manger elle-même : ne trouvant plus rien, elle mourut misérablement de faim.

*CETTE FABLE SIGNIFIE*

Que celui qui multiplie ses liaisons, s'expose aussi à multiplier ses chagrins et ses peines.

## FABLE IV.

### LE LION ET LE RENARD[a].

ACCABLÉ par la chaleur du soleil d'été, un lion entra dans une caverne[b] pour y jouir de l'ombre et de la fraîcheur. A peine se fut-il étendu par terre, qu'un lézard[c]

---

[a] *Canis vulpes*, *FORSK. et LINN.*

[b] Mot à mot en arabe, *une portion des cavernes.*

[c] Le mot Arabe traduit ici par *lézard* est *hherdoun.* Golius, dans l'édition de ces Fables donnée à la suite de la Grammaire d'Erpenius (*Th. Erpen. Gramm. Arab. Lugd. Bat. 1636*), met, au lieu de ce mot, celui de *gerdoun*, qu'il traduit également par *lézard* [*stellio*]. Ces deux mots Arabes, quoique ne

vint à lui, et se mit à marcher le long de son dos : le lion se releva aussitôt avec précipitation, et regarda à droite et à gauche, comme s'il eût été effrayé et épouvanté. Un renard qui le vit, rit de cette agitation. « Si je suis ému, lui dit » le lion, ce n'est pas de crainte » de ce lézard, c'est d'indignation*

---

se distinguant l'un de l'autre que par la présence ou l'omission d'un seul point diacritique, ont cependant des significations bien différentes : *hherdoun* est le nom du *lézard des murailles ( lacerta ærdan*, FORSK. *lacerta stellio*, LINN.), tandis que *gerdoun* signifie *le rat des champs*, *le mulot*, ou peut-être *le loir ( myoxus glis* LINN. ).

* Le mot Arabe *kabbar*, employé ici pour

» de

» de ce qu'il a osé me manquer de » respect. »

*CETTE FABLE SIGNIFIE*

Que le mépris est, pour le sage, plus insupportable que la mort.

---

signifier *être indigné, éprouver de l'indignation*, signifie proprement, « Dire la formule » de prière des Musulmans, *ALLAH akbar* » *(DIEU est grand)*; » formule qui s'emploie aussi comme exclamation lorsqu'on est frappé de crainte, d'étonnement ou d'indignation : de là est dérivée la signification, *être ému par quelque passion violente*, et celle que ce mot a ici.

## FABLE V.

### LE LION ET LE TAUREAU.

Un lion vouloit dévorer un taureau ; mais redoutant sa vigueur, il n'osoit l'attaquer de vive force : employant donc la ruse, il l'aborde, et lui dit : « Sache que j'ai égorgé » un agneau, et je desire que tu » viennes en manger[a] chez moi cette » nuit. » Le taureau y consentit[b] et

[a] Mot à mot dans l'arabe, *que tu mangeras chez moi du pain*. L'expression *manger du pain* est usitée en arabe pour signifier en général *prendre de la nourriture*. Elle se trouve aussi employée en ce sens dans la fable XXXIX.

[b] Mot à mot en arabe, *répondit à cela ;*

vint au rendez-vous ; mais lorsqu'il eut aperçu qu'on y avoit préparé de grands amas de bois et de grandes chaudières, il se retira aussitôt et prit la fuite. Le lion lui dit alors : « Pourquoi t'en vas-tu » ainsi, aussitôt après ton arri- » vée ? — C'est, répondit le tau- » reau, parce que je vois que tout » cet apprêt est destiné pour une » proie plus considérable qu'un » agneau. »

---

manière de parler souvent employée, même en françois, dans le discours familier, pour signifier *consentir*.

*CETTE FABLE SIGNIFIE*

Que l'homme prudent ne doit[a] ni se fier à son ennemi, ni se lier[b] avec lui.

---

[a] Mot à mot en arabe, *que n'est pas le chemin du prudent.* Cette manière de parler se trouve aussi employée dans les fables VI, X et XXVI.

[b] C'est du verbe qui signifie chez les Arabes *se lier, se mettre en société*, qu'ils font dériver les mots par lesquels ils expriment *l'homme, l'animal sociable.*

## FABLE VI.

### LE LION ET LE RENARD.

Un lion étant devenu vieux et foible, ne pouvoit plus prendre à la chasse aucun des animaux [a]. Il résolut d'employer la ruse pour se procurer sa nourriture; et feignant d'être malade, il se retira dans une caverne : tous les animaux qui entrèrent pour le visiter, furent mis en

---

[a] Mot à mot en arabe, *et ne pouvant rien contre aucune chose des animaux*. Le mot *chose* se trouve aussi répété en arabe avec le même sens dans la phrase suivante de cette même fable.

pièces et dévorés l'un après l'autre. Le renard vint à son tour, et, s'arrêtant à l'entrée de la caverne, il salua le lion en ces termes : « Comment vous portez-vous [a], ô roi des » animaux ! » Le lion lui dit alors : « Pourquoi n'entres-tu pas, père » de la beauté [b] ? — J'entrerois avec

---

[a] Mot à mot en arabe, *comment est ton état !* Cette formule de salutation est encore celle usitée actuellement chez les Arabes.

[b] Cette périphrase, *père de la beauté* ou *de la bonté*, est employée pour désigner le *renard*, par les Arabes, qui se servent d'expressions du même genre à l'égard d'un grand nombre d'animaux : ils appellent encore le renard *père des crins épais et crépus ;* le cheval, *père de celui qui poursuit ;* le scarabée, *père des excrémens ;* le coq, *père de la*

» confiance[a], répondit le renard,
» si, en considérant les traces[b] des
» animaux qui sont venus chez
» vous, je ne voyois que tous y sont

---

*veille.* Ils étendent encore cette manière de parler aux choses inanimées : par exemple, ils désignent la pluie par le nom de *père de la vie ;* le sucre, par celui de *père de la santé ;* une ville, par celui de *père de celui qui se défend,* &c. Toutes les langues Orientales offrent des exemples de ces périphrases qualificatives. Quelques manuscrits, et entre autres celui de la Bibliothèque nationale, ont pour variante de ce surnom du renard, *père du petit retranchement,* en faisant allusion aux terriers que se creuse cet animal.

[a] Il y a dans le texte, mot à mot, *déjà je serais me fiant sur cela.*

[b] Mot à mot dans l'arabe, *sans que je vois chez toi les traces de pieds nombreux qui*

» entrés, mais qu'aucun n'en est » ressorti. »

*CETTE FABLE SIGNIFIE*

Que l'homme ne doit entreprendre aucune affaire avant de l'avoir bien examinée.

---

*sont déjà entrés, et je ne vois pas que soit sorti d'eux pas un seul.*

## FABLE VII.

### LE LION ET L'HOMME.

Un lion trouva un jour un homme dans un chemin, et commençant à discourir ensemble, ils disputèrent sur la force et les avantages de leurs deux espèces. Le lion se vantoit [a] de son impétuosité et de sa vigueur indomptable, lorsque l'homme ayant aperçu peinte sur un mur la figure d'un homme qui étouffoit un lion, se mit à rire. Le lion lui dit alors : « S'il y avoit

[a] Mot à mot, *se faisoit bon.*

» des peintres parmi nous comme » chez les enfans d'Adam[a], on ver» roit dans les tableaux, non des » hommes étranglant les lions, » mais des lions étranglant les » hommes. »

*CETTE FABLE SIGNIFIE*

Que ce n'est point par le témoignage de ses proches[b] qu'un homme peut se justifier.

---

[a] Cette périphrase est fréquemment employée par les écrivains Arabes pour exprimer *les hommes.*

[b] Mot à mot, *dans le témoignage de la famille de sa maison.*

## FABLE VIII.

### LA GAZELLE ET LE LION.

UNE gazelle épouvantée par des chasseurs, s'enfuit vers une caverne; mais à peine s'y fut-elle réfugiée, qu'un lion entrant après elle l'y déchira aussitôt. « Malheur » à moi! dit-elle en elle-même [a]; » infortunée! j'ai voulu fuir les » hommes, et je suis tombée entre » les mains d'un animal qui les sur-

---

[a] Le texte Arabe porte, *dans son ame*; manière de parler usitée chez les Arabes pour remplacer le pronom réfléchi *soi-même*, qu'ils n'ont pas.

» passe en force et en violence. »

*CETTE FABLE A RAPPORT*

A ceux qui, pour éviter un petit mal, se précipitent dans un grand.

FABLE

## FABLE IX.

### LA GAZELLE ET LE RENARD.

Une gazelle ayant un jour soif, vint pour boire à une source d'eau qui étoit au fond d'un puits assez creux; et lorsqu'elle voulut remonter, elle ne put en venir à bout. Un renard la vit, et lui dit: « O ma sœur [a], tu as bien mal fait [b], » avant de penser à descendre dans

[a] Il y a dans le texte, *ô mon frère*, le mot par lequel les Arabes désignent *la gazelle*, étant masculin dans leur langue.

[b] En arabe, *tu as mal fait dans l'action de toi.*

» ce puits, de ne pas songer comment tu pourrois en sortir. »

*CETTE FABLE REGARDE*

Celui qui, sans savoir nager, se hasarderoit à descendre dans la mer jusqu'à ce que l'eau s'élevât au-dessus de sa tête [a].

---

[a] A la place de cette affabulation qui n'a aucun sens moral, le manuscrit de la Bibliothèque nationale présente la suivante qui paroît plus convenable.

« *CETTE FABLE REGARDE*

» Quiconque agit de sa tête et sans » prendre conseil. »

## FABLE X.

### LES LIÈVRES ET LES RENARDS.

IL s'éleva un jour une guerre entre les aigles et les lièvres [a]. Ceux-ci vinrent trouver les renards, et les prièrent de vouloir bien les assister en combattant pour eux contre les aigles. « Nous le ferions volon- » tiers, répondirent-ils, si nous ne » vous connoissions pas, et si nous

---

[a] Le mot Arabe *arneb*, dont le pluriel est ici traduit par *les lièvres*, s'emploie, dans le langage vulgaire, pour désigner également *le lièvre ( lepus timidus*, LINN. *)* et *le lapin ( lepus cuniculus*, LINN. *)*.

» ne savions aussi contre qui vous
» êtes en guerre. »

*CETTE FABLE SIGNIFIE*

Que l'homme ne doit point attaquer celui qui est plus fort et plus puissant que lui.

## FABLE XI.

### LE LIÈVRE ET LA LIONNE.

Un lièvre rencontra un jour une lionne, et lui dit : « Je fais tous » les ans un grand nombre de pe- » tits ; et toi, en toute ta vie, tu ne » peux en produire qu'un ou deux. » — Il est vrai, répondit la lionne, » je ne fais qu'un seul petit ; mais » c'est un lion. »

*CETTE FABLE MONTRE*

Qu'un seul enfant d'un bon naturel [a] est préférable à un grand nombre d'enfans vicieux.

---

[a] Mot à mot en arabe, *béni.*

## FABLE XII.

### LA FEMME ET LA POULE.

UNE femme avoit une poule qui pondoit tous les jours un œuf d'argent. Elle dit en elle-même : « Si » j'augmente la nourriture de cette » poule, elle me pondra deux œufs » chaque jour. » Elle augmenta en effet la nourriture de la poule, qui creva d'indigestion.

*CETTE FABLE SIGNIFIE*

Que beaucoup d'hommes en voulant augmenter leurs gains et leurs bénéfices, perdent par leur avidité les capitaux même de leurs biens.

## FABLE XIII.

### LE MOUCHERON ET LE TAUREAU.

Un moucheron [a] ou une moustique s'arrêta un jour sur la corne

---

[a] *Culex molestus*, FORSKAL. *Culex pipiens*, LINN. En arabe *ba'ouddah*. Un dictionnaire manuscrit Arabe-persan, donne à ce mot la signification de *cousin*, *moustique*, *moucheron d'une petitesse presque imperceptible*. Ce mot, dans le texte Arabe de la fable, est interprété par celui de *namouséh*, nom de la moustique proprement dite, appelée κωνωψ par les Grecs, qui est si insupportable en Amérique et en Égypte, et à laquelle d'ailleurs conviennent parfaitement les caractères de la description donnée ci-dessus. Ce dernier mot est plus connu en Égypte, tandis qu'en Syrie on emploie davantage le premier.

d'un taureau ; et s'imaginant qu'il pourroit être trop lourd pour lui, il lui dit : « Si je te suis à charge, » fais-moi-le savoir, afin que je » m'envole, et que je te délivre de » mon poids. — O toi [a], répondit le » taureau, qui que tu sois, je ne » me suis point aperçu sur qui tu » es descendu, et j'ignore encore » à qui tu peux être à charge. »

---

[a] Mot à mot dans le texte arabe, *ô ce !* Le pronom de la troisième personne s'emploie fréquemment au vocatif en arabe, pour remplacer le vocatif du pronom de la seconde personne *ô toi !* Les Grecs ont dit de même ὦ ὗτος.

*CETTE FABLE REGARDE*

Ceux qui cherchent à s'attirer de la renommée et de la gloire, tandis qu'ils sont eux-mêmes méprisables et foibles.

# FABLE XIV.

## L'HOMME ET LA MORT.

Un homme portoit une charge de bois très-pesante : fatigué du chemin, et ennuyé de son fardeau, il le jeta de son épaule à terre, en appelant à lui la mort. Elle parut aussitôt, et se tenant debout devant lui : « Me voici, lui dit-elle ; » pourquoi m'as-tu appelée ? » L'homme lui répondit : « Je t'ai » appelée seulement pour que tu » recharges ce fardeau sur mon » épaule. »

*CETTE FABLE MONTRE*

Que tout le monde aime la vie, et qu'on ne s'en lasse point, malgré les infirmités et les misères d'ici-bas.

## FABLE XV [a].

### LE JARDINIER.

Un jardinier étoit un jour occupé à sarcler ses légumes : on lui demanda pourquoi les herbes et les plantes qui croissent naturellement dans les champs, étoient, quoique sans culture, plus belles que celles des jardins. « C'est, ré- » pondit-il, qu'elles sont nourries » par

[a] Cette fable est la XVI.e dans le manuscrit de la Bibliothèque nationale : à sa place se trouve intercalée la fable inédite de *l'Homme et les Serpens* qui se trouve ci-après, fable XXXVIII.

» par leur propre mère, tandis que » les autres sont soignées par une » marâtre [a]. »

*CETTE FABLE SIGNIFIE*

Que l'éducation que donne à ses enfans une mère naturelle, est bien au-dessus des soins que peut avoir pour eux une mère adoptive.

---

[a] Mot à mot en arabe, *la femme du père de lui;* comme aussi, dans l'affabulation, on a rendu par *mère adoptive* l'expression Arabe qui devoit se traduire mot à mot *la femme du père.* Cette façon de parler tient plutôt de la langue Hébraïque que de la langue Arabe; car les Arabes se servent le plus souvent d'un seul mot pour exprimer celui de *belle-mère.*

# FABLE XVI[a].

## L'HOMME ET L'IDOLE.

UN homme avoit dans sa maison une idole qu'il adoroit, et à laquelle chaque jour il sacrifioit une victime. Il dépensoit tout ce qu'il possédoit, pour le culte de cette idole, qui lui dit un jour : « Cesse » de dissiper ainsi pour moi ton » patrimoine, de peur qu'un jour » tu n'en prennes prétexte de m'ac- » cuser, devant un autre dieu, » d'être l'auteur de ta ruine. »

---

[a] Cette fable est la XVII.e dans le manuscrit de la Bibliothèque nationale.

*CETTE FABLE SIGNIFIE*

Que souvent celui qui a dissipé ses biens en dépenses folles et criminelles, se plaint que c'est Dieu qui l'a plongé dans l'indigence.

# FABLE XVII[a].

## LE NÈGRE.

Un homme vit un jour un nègre occupé dans l'eau à se laver : « O » mon frère, lui dit-il, cesse de » salir l'eau de ce fleuve ; car certes, » en te lavant éternellement, tu ne » viendrois jamais à bout de te » blanchir[b]. »

---

[a] Cette fable est la XVIII.[e] dans le manuscrit de la Bibliothèque nationale.

[b] La phrase dans le texte Arabe, est ainsi conçue mot à mot : *Tu ne viendras pas à bout de la blancheur, et tu ne pourras pas sur elle à l'éternité des siècles.*

*CETTE FABLE SIGNIFIE*

Que le caractère imprimé par la nature ne peut jamais changer[a].

[a] Mot à mot en arabe, *changer son empreinte.*

# FABLE XVIII[a].

## L'HOMME ET LA JUMENT[b].

Un homme voyageoit monté sur une jument pleine, qui mit bas en chemin. Le poulain, après avoir quelque temps suivi de près sa mère, s'arrêta et dit à son maître : « Seigneur, vous voyez que je suis » petit et incapable de supporter

[a] Cette fable est la XIX.[e] dans le manuscrit de la Bibliothèque nationale.

[b] Le mot *fars*, qu'on traduit ici par *jument*, est ordinairement employé en arabe pour les deux genres, et signifie indistinctement *cheval* et *jument*.

» une longue marche; si vous partez en m'abandonnant ici, je périrai certainement : mais si vous me prenez avec vous et m'élevez jusqu'à ce que je sois devenu fort, alors je vous porterai sur mon dos, et je vous conduirai rapidement par-tout où vous le desirerez. »

*CETTE FABLE MONTRE*

Que, quand bien même une chose reconnue devoir être utile, pourroit d'abord paroître à charge, on doit savoir apprécier ses avantages, et ne point la rejeter.

## FABLE XIX[a].

### L'HOMME ET LE PORC.

UN homme faisoit transporter[b] à la ville, pour les vendre, un mouton, une chèvre et un porc. Le mouton et la chèvre restoient tranquilles, tandis que le porc étoit rétif, et se débattoit continuellement. L'homme lui dit : « O le

---

[a] Cette fable est la XX.e dans le manuscrit de la Bibliothèque nationale.

[b] L'arabe ajoute, *sur une bête de somme ;* expression qui y est répétée encore après les mots de la phrase suivante, *se débattoit continuellement.*

» plus méchant des animaux! pour-» quoi le mouton et la chèvre se » taisent-ils et sont-ils dociles, » tandis que tu ne cesses de te dé-» battre? — Chacun se connoît, » répondit le porc : je sais qu'on re-» cherche le mouton pour sa laine, » et la chèvre pour son lait : pour » moi, malheureux, je n'ai ni laine » ni lait; quand je serai arrivé à la » ville, on m'enverra indubitable-» ment à la boucherie. »

*CETTE FABLE SIGNIFIE*

Que ceux qui connoissent [a] les

[a] Suivant d'autres manuscrits qui portent,

délits et les crimes que leurs mains ont commis, doivent, en voyant leur méchanceté, savoir quelle est la fin qui leur est réservée.

---

*sont plongés*, il faudroit traduire : *Que ceux qui sont plongés dans les crimes, &c.*

## FABLE XX[a].

### LA TORTUE [b] ET LE LIÈVRE.

La tortue et le lièvre se défièrent un jour à la course, et ils fixèrent pour but une montagne vers laquelle ils devoient courir. Le lièvre, se fiant sur sa légèreté, son agilité, et la rapidité si souvent éprouvée

---

[a] La traduction de cette fable, qui est la XXI.e dans le manuscrit de la Bibliothèque nationale, a été changée et rectifiée depuis la première édition, d'après les conseils et les corrections du C.en Audran, professeur des langues Hébraïque, Chaldéenne et Syriaque, au collége national de France.

[b] *Testudo terrestris*, FORSKAL.

de sa course, s'arrêta dans le chemin et s'endormit; mais la tortue, au contraire, connoissant la pesanteur qu'elle avoit reçue de la nature, ne se reposa ni ne s'arrêta dans sa marche; et elle étoit déjà arrivée à la montagne, lorsque le lièvre, se réveillant à peine de son sommeil, trouva qu'elle l'avoit déjà devancé au but. Il se repentit donc de son retard, lorsque son repentir ne pouvoit plus lui être utile.

*CETTE FABLE SIGNIFIE*[a]

Que deux ennemis étant en

[a] Le manuscrit de la Bibliothèque nationale donne l'affabulation suivante :

guerre,

guerre, l'un foible et l'autre fort, si le foible, par crainte pour lui-même, a soin de ne pas s'endormir, il arrive souvent qu'il l'emporte sur le plus fort qui aura négligé de se mettre sur ses gardes, et qui se repentira de sa négligence, lorsque ce repentir sera inutile.

---

« *CETTE FABLE SIGNIFIE*

» Que la patience et la persévérance font » souvent plus que la vivacité. »

## FABLE XXI[a].

### LE LOUP.

Un loup un jour prit un cochon de lait ; mais comme il l'emportoit[b], un lion survint et le lui enleva. Le loup dit en lui-même : « Je m'é- » tonne que la proie dont je m'étois » emparé n'ait pu rester en ma pos- » session. »

---

[a] Immédiatement après la fable précédente, on trouve dans le manuscrit de la Bibliothèque nationale la fable XXXVI.[e] *des Loups*. Celle-ci devient ainsi la XXIII.[e]

[b] Mot à mot en arabe, *il s'enfuyoit avec lui*.

*CETTE FABLE SIGNIFIE*

Qu'une chose acquise par le crime ne reste point à son maître; et que, si elle lui reste, elle ne lui profite pas.

## FABLE XXII[a].

### LE BUISSON ET LE JARDINIER.

Le buisson dit un jour au jardinier : « Si j'avois quelqu'un qui » prît soin de moi, et qui, me » plantant au milieu du jardin, » m'arrosât et me cultivât, on regar- » deroit avec admiration mes fleurs » et mes fruits, et je serois un ob- » jet d'envie pour les rois eux- » mêmes. » Le jardinier le prit, le

[a] Cette fable est la XXV.[e] dans le manuscrit de la Bibliothèque nationale. Entre elle et la précédente se trouve la fable XXXVII.[e] de *l'Oie et l'Hirondelle*.

planta dans la meilleure terre au milieu du jardin, et chaque jour il l'arrosoit deux fois : alors les épines du buisson se fortifièrent et se multiplièrent, ses branches et ses racines s'alongèrent, elles couvrirent et étouffèrent tous les arbres qui étoient autour de lui, ses rejetons se multiplièrent et s'étendirent de tous les côtés sur la terre; et le jardin n'étant plus rempli que d'épines et de ronces, il ne fut plus possible à personne d'y pénétrer.

*CETTE FABLE S'ADRESSE*

A celui qui fréquente le méchant : si on accueille le méchant, sa méchanceté s'augmente par les égards qu'on a pour lui; il résiste aux bienfaits, et tout le bien qu'on lui fait, il le rend en mal.

## FABLE XXIII[a].

### LE NOIR.

Un noir ayant un jour ôté ses vêtemens, commença à prendre de la neige et à s'en frotter le corps. « Pourquoi, lui dit-on, frottes-tu » ton corps avec cette neige? » Il répondit : « Peut-être blanchi-» rai-je. » Un homme sage venant à passer, lui dit : « O toi, cesse de » te tourmenter toi-même ; car il » arrivera que ton corps noircira

[a] Cette fable est la XXVI.[e] dans le manuscrit de la Bibliothèque nationale.

» la neige sans jamais perdre sa » propre noirceur. »

*CETTE FABLE SIGNIFIE*

Que le méchant peut corrompre le bon, mais que nul ne peut améliorer le méchant.

# FABLE XXIV[a].

## LE SCARABÉE[b] ET L'ABEILLE.

Le scarabée dit un jour à l'abeille[c] : « Si tu me prenois avec toi, je fe- » rois du miel autant que toi et

---

[a] Cette fable est la XXVII.e dans le manuscrit de la Bibliothèque nationale.

[b] L'édition du texte Arabe, donnée par Golius, porte ici un mot qui est absolument inconnu dans la langue Arabe, et qu'il traduit par *araignée (aranea)*. Suivant tous les manuscrits, l'animal dont il est ici question, est le scarabée décrit par *Forskal*, sous les trois espèces suivantes :

*Tenebrio hispidus*, elytris tuberculatis.
——— *vulgaris*, thorace acuminato.
——— *polychrestus*, elytris mucronatis.

[c] Mot à mot en arabe, *à l'abeille du miel*.

» même davantage. » L'abeille y consentit; mais le scarabée n'ayant pu réussir comme il le prétendoit, l'abeille le frappa de son aiguillon. Sur le point de mourir, il dit en lui-même : « Certes, j'ai bien mérité » le mal qui m'arrive; incapable de » faire même de la poix, pourquoi » ai-je voulu entreprendre de faire » du miel ! »

*CETTE FABLE SIGNIFIE*

Qu'un grand nombre d'hommes se mêlent de beaucoup d'affaires dans lesquelles ils veulent se faire passer pour habiles ; mais à peine les ont-ils commencées, qu'on reconnoît la fausseté de leurs paroles, et qu'ils sont récompensés suivant leur mérite.

## FABLE XXV [a].

### L'ENFANT.

Un enfant se jeta un jour dans une rivière sans savoir nager. Sur le point d'être suffoqué par l'eau, il appela à son secours un homme qui passoit sur le chemin; celui-ci s'avançant vers lui, se mit à lui reprocher son imprudence d'être descendu dans la rivière. L'enfant lui répondit : « O toi, sauve-moi » d'abord de la mort, et après cela » fais-moi des remontrances. »

[a] Cette fable est la XXVIII.e dans le manuscrit de la Bibliothèque nationale.

CETTE

*CETTE FABLE T'APPREND*

Que si ton ami est tombé en quelque danger, tu dois d'abord le délivrer et le sauver, et ensuite lui faire des remontrances, qui seront alors bien plus agréables.

## FABLE XXVI[a].

### L'ENFANT ET LE SCORPION.

Un enfant chassoit aux sauterelles[b]: il vit un scorpion, et, croyant que c'étoit une grande sauterelle, il étendit sa main pour le prendre. Il s'en éloigna ensuite; et le scorpion lui dit : « Si tu m'avois pris dans » ta main, tu aurois cessé pour tou- » jours de chasser aux sauterelles. »

*CETTE FABLE MONTRE*

Que l'homme doit savoir distin-

[a] Cette fable est la XXIX.[e] dans le manuscrit de la Bibliothèque nationale.

[b] *Gryllus gregarius*, migratorius, FORSKAL.

guer le bien d'avec le mal, et traiter chaque chose de la manière qui lui convient particulièrement.

## FABLE XXVII[a].

### LA COLOMBE.

UNE colombe mourant de soif voltigeoit çà et là autour d'une muraille, cherchant de l'eau : ayant aperçu sur ce mur un grand vase plein d'eau, elle y vola en s'élançant avec tant d'impétuosité, qu'elle se creva le ventre contre le vase[b]. « Malheur à moi, dit-elle, infor- » tunée! Par ma rapidité à voler

[a] Cette fable est la XXX.e dans le manuscrit de la Bibliothèque nationale.

[b] Mot à mot en arabe, *contre cette forme* ou *cet objet*.

» vers cette eau, je suis moi-même[a]
» la cause de ma perte. »

*CETTE FABLE SIGNIFIE*

Que la précaution et une sage lenteur dans les affaires, valent mieux que l'impatience et la précipitation.

---

[a] Mot à mot en arabe, *mon ame;* comme aussi on trouve ci-après dans la fable XXXII, *son ame* pour *lui-même.*

## FABLE XXVIII[a].

### LE CHAT.

Un chat entra un jour dans la boutique d'un forgeron, et trouva une lime qu'on avoit jetée à terre : il se mit à la lécher ; et sa langue ayant commencé à saigner, il en avala le sang qu'il crut sortir de la lime, jusqu'à ce qu'enfin sa langue étant tout-à-fait usée, il mourut.

*CETTE FABLE S'ADRESSE*

A celui qui dépense ses biens sans nécessité, et qui ne se corrige pas,

[a] Cette fable est la XXXI.e dans le manuscrit de la Bibliothèque nationale.

jusqu'à ce qu'il se soit ruiné entièrement sans s'en apercevoir.

Elle a encore rapport à ces crimes dont la douceur enchaîne par la volupté celui qui les commet, et qui ne réfléchit pas que par-là il attente à sa propre vie; ce qui est certes le comble de la folie.

## FABLE XXIX[a].

### LE FORGERON ET LE CHIEN.

Un forgeron avoit un chien qui ne cessoit de dormir tant que son maître étoit occupé à son ouvrage ; quand le forgeron cessoit son travail pour s'asseoir et manger avec ses compagnons, le chien s'éveilloit aussitôt. Le forgeron lui dit : « O mau- » vais chien ! pourquoi le son des » marteaux dont le retentissement » fait trembler la terre, ne peut-il

[a] Cette fable est la XXXII.e du manuscrit de la Bibliothèque nationale.

» troubler ton sommeil, tandis que » tu entends le petit bruit que l'on » fait en mâchant, et que tu cesses » alors de dormir. »

*CETTE FABLE REGARDE*

L'homme qui dort lorsqu'il entend le cri qui l'invite à la prière et l'appelle au temple, tandis qu'il accourt avec empressement dès qu'il entend le tambour, les flûtes et les chants [a]; ce qui est le comble de la sottise.

---

[a] Cette phrase a rapport aux *ghaouazy* ou chanteuses et danseuses publiques, plus connues sous le nom d'*Almés*, qui parcourent au son des instrumens les rues et les

Elle regarde encore celui qui se plaît à écouter ce qui ne peut améliorer son sort, et qui néglige ce qui pourroit lui être utile.

---

places des villes de l'Orient, en exécutant pour quelque menue monnoie leurs danses obscènes, au milieu des groupes de populace que ce spectacle attire.

## FABLE XXX[a].

### LES CHIENS ET LE RENARD.

Des chiens trouvèrent un jour une peau de lion, et se mirent à la dévorer. Un renard les vit, et leur dit : « S'il étoit vivant, vous verriez ses ongles aussi longs, et » même plus encore, qu'une de vos » dents[b]. »

---

[a] Cette fable est la XXXIII.e dans le manuscrit de la Bibliothèque nationale.

[b] Mot à mot en arabe, *comme une de vos dents, et plus longs.* Quelques manuscrits par un léger changement dans la contexture d'un mot, portent, *comme plus tranchans ;*

*CETTE FABLE S'ADRESSE*

A quiconque déchire par des invectives ceux qui sont morts et qui ne peuvent répondre pour se défendre.

---

et alors il faudroit traduire : « *Vous verriez* » *comme ses ongles sont plus tranchans et plus* » *longs que vos dents.* »

FABLE

## FABLE XXXI[a].

### LE CHIEN ET LE LIÈVRE.

UN chien poursuivoit un jour un lièvre : l'ayant atteint, il le saisit ; et commençant à le déchirer avec ses dents, il suçoit avec sa langue le sang qui s'écouloit. Le lièvre lui dit : « Je vois que tu me mords » comme si j'étois ton ennemi, et » que tu me donnes ensuite des

[a] Cette fable est la XXXVII.[e] dans le manuscrit de la Bibliothèque nationale : entre elle et la précédente se trouvent les fables inédites du *Chien et du Milan*, du *Chien et du Loup* et des *deux Chiens*, qui sont ci-après.

» baisers comme si tu étois mon » ami. »

*CETTE FABLE SE RAPPORTE*

A celui qui a la tromperie et la fraude dans le cœur, en affectant les dehors de la bienveillance et de l'amitié.

## FABLE XXXII [a].

### LE VENTRE ET LES DEUX PIEDS.

Le ventre et les deux pieds disputoient un jour ensemble, prétendant chacun qu'ils contribuoient davantage au soutien du corps. « C'est nous, dirent les pieds, qui » portons le corps par notre vi» gueur. » Le ventre dit, à son tour : « Si je ne prenois aucun ali» ment pour en tirer la nourri» ture, vous seriez bientôt inca-

[a] Cette fable est la XXXVIII.e dans le manuscrit de la Bibliothèque nationale.

» pables de marcher, loin de pou-
» voir porter quelque chose. »

*CETTE FABLE SIGNIFIE*

Que celui qui entreprend une affaire, s'il n'est soutenu par un plus fort et plus puissant que lui, ne peut remplir ses fonctions, et travaille inutilement pour lui-même.

## FABLE XXXIII[a].

### LES FOUINES ET LES POULES.

Les fouines[b] ayant appris que les poules étoient malades, se revêtirent de peaux de paon, et vinrent les visiter en leur disant : « Que le salut soit sur vous[c], ô » poules ! comment vous trou» vez-vous, et comment va votre

---

[a] Cette fable est la XXXIX.e dans le manuscrit de la Bibliothèque nationale.

[b] *Viverra ichneumon*, *FORSKAL.*

[c] Cette forme de salutation est encore actuellement usitée chez les Orientaux mot pour mot et sans aucun changement.

» santé! » Celles-ci leur répondirent : « Notre santé sera parfaite le » jour où nous ne vous verrons » point. »

*CETTE FABLE SE RAPPORTE*

A celui qui montre une amitié feinte, et qui porte la haine dans son cœur.

## FABLE XXXIV [a].

### LE SOLEIL ET LE VENT.

Le soleil et le vent disputoient ensemble à qui des deux pourroit faire quitter à un homme ses habits. Le vent, se déchaînant avec la plus grande furie, excita la plus forte tempête. L'homme voyant s'accroître la violence du vent, resserra ses vêtemens autour de lui, et s'en enveloppa de tous les côtés : mais le jour ayant paru, et

[a] Cette fable est la XL.[e] dans le manuscrit de la Bibliothèque nationale.

l'ardeur du soleil s'étant augmentée, l'homme fut peu-à-peu forcé par la chaleur de dépouiller ses habits et de les porter sur son épaule [a].

*CETTE FABLE SIGNIFIE*

Que celui qui réunit la modestie à un heureux naturel, obtient dans la société tous les succès qu'il desire.

---

[a] Cette habitude est ordinaire aux Orientaux lorsqu'ils marchent pendant la chaleur.

## FABLE XXXV[a].

### LES DEUX COQS.

DEUX coqs se battoient avec acharnement sur un fumier[b]; l'un fut vainqueur, et l'autre se retira aussitôt pour se cacher quelque part. Le coq victorieux monta sur une terrasse élevée, et se mit à battre

---

[a] Cette fable est la XLI.[e] et dernière du manuscrit de la Bibliothèque nationale.

[b] Le mot arabe qui se trouve dans l'édition de Golius, ne pouvant se traduire que par *bouteille*, n'auroit ici aucun sens : un seul point diacritique qu'il avoit omis et que nous rétablissons, donne la signification que nous avons suivie.

des ailes en chantant sa victoire. Un oiseau de proie qui l'aperçut, s'élança sur lui et l'enleva au même instant.

*CETTE FABLE MONTRE*

Que l'homme ne doit pas tirer vanité de ses avantages.

## FABLE XXXVI[a].

### LES LOUPS.

DES loups[b] aperçurent des peaux de bœuf au milieu d'une eau cou-

---

[a] Cette fable est la XXII.e dans le manuscrit de la Bibliothèque nationale.

[b] Un de mes manuscrits, au lieu *des loups*, porte *des chiens;* et en effet, le chien d'Orient, sur-tout celui d'Égypte, n'est point domestique et apprivoisé comme nos chiens d'Europe. Il est à moitié sauvage, se réunit en troupes quelquefois assez nombreuses, s'associe avec les chacals, et vit de proie comme eux. Il choisit particulièrement pour ses retraites les ruines, les amas de décombres et les lieux inhabités, et s'éloigne continuellement des hommes qu'il craint et évite, loin d'être susceptible de s'attacher à

rante : comme il n'y avoit personne là, ils formèrent le dessein de les dévorer ensemble ; pour cela ils résolurent de boire toute l'eau, afin de pouvoir parvenir aux peaux et les dévorer. Mais l'eau ne cessant de couler en abondance, ils crevèrent tous et moururent sans avoir pu atteindre aux peaux.

*CETTE FABLE MONTRE*

Que celui qui a peu de jugement, fait souvent ce qu'il ne lui convient point de faire.

---

eux. Aussi Forskal, dans son estimable ouvrage, intitulé *Descriptiones animalium, &c.* le désigne-t-il sous le nom de *Canis ferus.*

FABLE

## FABLE XXXVII [a].

### L'OIE ET L'HIRONDELLE.

L'OIE [b] et l'hirondelle firent un accord ensemble pour vivre et se nourrir en société dans le même lieu. Comme elles virent un jour que des chasseurs cherchoient à les prendre, l'hirondelle, profitant de sa légèreté, s'envola et se sauva ; ce

---

[a] Cette fable, la dernière de celles qui ont été jusqu'à présent connues et publiées, est la XXIV.[e] dans le manuscrit de la Bibliothèque nationale.

[b] *Anas anser*, FORSKAL.

que ne pût faire l'oie, qui fut prise et tuée par les chasseurs.

*CETTE FABLE REGARDE*

Celui qui se lie avec ceux dont la société ne peut lui convenir, et dont la manière d'être est différente de la sienne [a].

---

[a] En arabe mot à mot, *et n'est point fils de son espèce.*

## FABLE XXXVIII[a].

### L'HOMME ET LES SERPENS.

UN homme vit un jour deux serpens[b] qui se querelloient et se battoient avec fureur. Un autre serpent qui survint, rétablit entre eux la paix et la bonne intelligence. L'homme lui dit alors : « Certes, » si tu n'étois pas encore plus mé- » chant qu'eux, tu ne les aurois pas

[a] Cette fable, la première des inédites, est la XV.<sup>e</sup> dans le manuscrit de la Bibliothèque nationale.

[b] *Coluber haje*, FORSKAL.

» abordés et ne les aurois pas con-
» ciliés. »

*CETTE FABLE SIGNIFIE* [a]

Que les méchans seuls se mêlent des affaires des méchans.

---

[a] Un de mes manuscrits porte l'affabulation suivante :

« *CETTE FABLE SIGNIFIE*

» Que les méchans et les scélérats ne
» peuvent être abordés et réunis entre eux
» que par un plus méchant qu'eux-mêmes. »

## FABLE XXXIX [a].

### LE CHIEN ET LE MILAN.

UN chien avoit un jour emporté un morceau de viande d'une boucherie. En traversant une rivière, il vit dans l'eau la représentation de ce qu'il portoit ; et comme cette image lui paroissoit plus grande que l'objet lui-même, il lâcha, pour se jeter sur cette nouvelle proie, le morceau qu'il tenoit : aussitôt un

[a] Cette fable, la seconde des inédites, est la XXXIV.e dans le manuscrit de la Bibliothèque nationale.

milan [a], précipitant son vol, s'en empara. Enfin, après bien des efforts, le chien n'ayant pu saisir le morceau qu'il desiroit, voulut revenir à celui qu'il avoit eu d'abord; mais il ne trouva plus rien, et il dit : « Certes, personne ne peut » montrer une plus grande sottise » que la mienne, puisque j'ai re» noncé à ce que j'avois, pour » courir après ce que je ne pouvois » avoir. »

*CETTE FABLE S'ADRESSE*

A ceux qui laissent un petit bien

---

[a] *Falco cinereo-ferrugineus*, FORSKAL.

présent et sûr, pour un plus grand, dont l'espérance est éloignée et incertaine.

## FABLE XL.[a]

### LE CHIEN ET LE LOUP.

Un chien, en poursuivant un jour un loup à la chasse, s'enorgueillissoit et tiroit vanité de la force et de la légèreté de sa course. Le loup fuyant toujours et se voyant hors d'atteinte, se retourna vers lui et lui dit : « Ne crois pas que ce soit » toi qui m'inspires de la crainte; » certes, le seul que je redoute est

[a] Cette fable, la troisième des inédites, est la XXXV.[e] dans le manuscrit de la Bibliothèque nationale.

» le chasseur qui me poursuit avec » toi. »

*CETTE FABLE SIGNIFIE*

Que l'homme doit ne se glorifier que de ce qui lui appartient, et ne point se vanter de ce qui ne lui appartient pas.

## FABLE XLI[a].

### LES DEUX CHIENS.

Un chien vit préparer un festin dans la maison de ses maîtres : il sortit ; et rencontrant dans le marché un autre chien, il lui dit : « Sache qu'il y a aujourd'hui chez » nous un grand repas ; viens donc » avec moi pour y prendre part » et nous divertir ensemble. » Le chien étranger suivit son camarade

---

[a] Cette fable, la quatrième et dernière des inédites, est la XXXVI.[e] dans le manuscrit de la Bibliothèque nationale.

et entra avec lui jusque dans la cuisine; mais aussitôt que les domestiques l'eurent aperçu, l'un d'eux le prit par la queue et le jeta pardessus la muraille hors de la maison. Cette chute lui fit perdre le sentiment; lorsqu'il fut un peu revenu à lui-même, et qu'il eut secoué la poussière qui le couvroit, ses camarades, témoins de son accident, lui dirent en se moquant: « Où as-tu donc été te divertir » aujourd'hui! car, à te voir, on » s'aperçoit bien que tu es sorti » pour prendre l'air et reconnoî- » tre le chemin. »

*CETTE FABLE SIGNIFIE*

Que beaucoup de gens viennent souvent sans être invités; mais qu'on les chasse, et qu'ils s'en retournent avec le mépris et la honte.

NOTES.

# NOTES.

## I.

*Bidpai*, nommé par les Arabes *Bydbâ*, par les Persans *Bydpây*, et plus connu en Europe sous le nom de *Pilpay*, étoit un brachmane ou philosophe Indien, renommé dans toute l'Asie par son recueil de fables, qui a été traduit dans toutes les langues de cette contrée. Il vivoit sous le règne et à la cour d'un sultan des Indes très-puissant, nommé *Dabchelym*, ou, selon d'autres, *Dabselem*, successeur de Porus, vaincu par Alexandre-le-Grand. C'est pour l'instruction de ce prince, dont il étoit l'ami, que Bidpai composa son dialogue entre le sultan et un gymmosophiste, ainsi que les fables auxquelles cet entretien sert de cadre.

Cet ouvrage, qui rassemble à-la-fois des préceptes de morale et de politique, présente, dans des apologues agréables et ingénieux, des leçons d'une bonne administration, la peinture vive et saillante des mœurs dépravées, de la méchanceté, de la fausseté et de la sottise que l'on peut rencontrer dans la société, et indique la conduite nécessaire pour ne pas en être la victime.

Prudenti vitam consilio monet.

*

Accueilli avec empressement et respect à la cour de *Dabchelym*, le livre de Bidpai passa bientôt de l'Inde en Perse, et y fut traduit en langue *Pehlwy*, par *Barzouyah*, médecin, d'après l'ordre de *Khosrou Anouschirwan :* c'est sur cette version qu'ont été faites les autres, qui parurent presque toutes sous des titres différens.

*Bidpai* avoit donné à l'original le nom de *Djâwidân Kerd* [ la Sagesse des siècles ]. Le traducteur *Pèhlwy* fit paroître sa version sous celui de *Houmayoun-Nâméh* [ le Livre auguste ou royal ].

*Abd-allah-abou-l-hhasan ben Mocna*, qui fit, en l'an 767 de l'ère vulgaire, sa traduction Arabe sur le texte *Pehlwy*, l'intitula *Koleylâh ou Demnâh*, du nom de deux renards qui entrent en scène dans les deux premiers chapitres.

Ce titre a été conservé par les deux premiers traducteurs Persans. Le troisième, *Moulâ hhoseyn ben Aly*, le changea en celui de *Anouâr sohayly*, du nom de *Sohayl hhoseyn*, général des troupes Mogoles. Enfin, les deux versions Turkes faites sur le persan, ont repris le titre de *Houmayôun Haméh.*

Il en existe une traduction françoise, commencée par Galland, et continuée par Cardonne, tous deux si célèbres par leurs vastes connoissances dans l'érudition Orientale.

## II.

L'abbé le Batteux, dans ses *Principes de littérature,* recherchant l'origine de l'apologue, fait observer « qu'un » politique [a], un philosophe, un pro- » phète, s'en servoient presque dans le » même temps ; à Rome, pour rame- » ner le peuple séditieux ; en Asie, » pour instruire les villes et les rois ; à » Jérusalem, pour annoncer à David » son crime ; » toutes circonstances, et

---

[a] *Menenius.*

principalement la dernière, qui ennoblissent infiniment ce genre d'instruction.

La Fontaine, dans la préface de ses fables, parlant de l'admiration singulière des anciens pour ce même genre, s'étonne « qu'ils ne l'aient pas » fait descendre du ciel, qu'ils ne lui » aient point assigné un dieu qui en » eût la direction, ainsi qu'à la poésie » et à l'éloquence.

» Ce que je dis, ajoute-t-il, n'est pas » tout-à-fait sans fondement, puisque, » s'il m'est permis de mêler ce que nous » avons de plus sacré avec les erreurs » du paganisme, nous voyons que la » vérité a parlé aux hommes par para- » boles; et la parabole est-elle autre » chose que l'apologue, c'est-à-dire, un » exemple fabuleux, et qui s'insinue » avec d'autant plus de facilité et

» d'effet, qu'il est plus commun et plus » familier. » AUBERT.

## III.

L'auteur du *Tarykh Mountekkheb*, et la plupart des autres historiens Orientaux, écrivent que *Souleyman ebn Dawoud* [ Salomon, fils de David ] monta sur le trône à l'âge de douze ans, et que Dieu soumit à son empire, non-seulement les hommes, mais encore les *ginn* et les *dyw* [ les esprits bons et mauvais ], les oiseaux, les vents, et tout ce qui existe dans la nature. Le même auteur le fait contemporain des premiers rois de la dynastie des Kayanides en Perse.

Salomon passe, dans tout l'Orient, pour avoir été le monarque universel de toute la terre; et l'on raconte mille choses fabuleuses de son anneau, par la vertu duquel il exécuta des prodiges et des merveilles.

*Ferdousy*, célèbre poëte Persan, a écrit en vers l'histoire de Salomon, sous le titre de *Souleyman Nâméh*; et les actions de ce prince ont servi de matière à un grand nombre d'ouvrages Turks, Persans et Arabes, en vers et en prose, tels que ceux de Saàd-êd-dyn, d'Yshhaq ebn-Ibrâhym, d'Ahhmed êl-Kermâny, et de Chems-êd-dyn êl Sywasy.

## IV.

*Kaykaous* étoit fils et successeur de Kayqobâd, fondateur de la dynastie des *Kayanides*. Les princes de cette famille forment la seconde des quatre dynasties des anciens rois de Perse, et sont probablement ceux dont les Grecs ont eu connoissance. Cette dynastie a tiré sa dénomination du mot *Kay*, qui, dans l'ancien idiome de la Perse, connu sous le nom de *Pehlwy*, signifioit *un grand roi* ou *un géant.*

*Kaykhosrou*, petit fils de *Kaykaous*, fut le troisième prince de cette famille; et ces deux monarques sont célèbres par leurs conquêtes sur toutes les nations de l'Orient, dont ils soumirent une grande partie à leur empire. Sous leurs règnes, la science de manier les armes, et particulièrement l'arc, fut poussée à un tel degré de perfection, que, même encore actuellement, les Persans, pour désigner un arc excellent, lui donnent le nom de *kemân Kayâny* [arc Kayanide].

## V.

Le nom entier de Sa'dy, si connu par ses deux poëmes du *Bostan* et du

*Gulistan*, est *Cheykh-Muslahh-êd-dyn Sa'dy*. Il a été surnommé *Chyrâsy*, parce que sa patrie étoit la ville de *Chyrâz*, où il naquit l'an 571 de l'hégire ( 1175 de l'ère vulgaire ). Cette ville, capitale de la province de Perse proprement dite, est l'ancienne *Cyropolis* [ Κυρόπολις ] ; elle est située à soixante-douze parasanges d'Ispahan, à $73^{d}$ 15' de longitude, et $29^{d}$ 35' de latitude. Sa'dy fait dans ses poëmes le plus grand éloge de sa patrie, dont il vante l'heureuse position et l'agréable température.

Cependant il n'y séjourna pas longtemps, et il paroît qu'il passa presque toute sa vie en voyages.

Il raconte lui-même qu'étant passé en Syrie pour se dérober aux fureurs de la guerre qui désoloit la Perse, il fut fait esclave par les Francs [les croisés] près de Jérusalem, et qu'il fut employé par eux à travailler aux fortifications de Tripoli, dont ils venoient de se rendre maîtres.

« Les Francs (dit-il dans le chapitre II de son *Gulistan*), me faisoient creuser avec les Juifs les fossés » autour de la ville ; et j'étois occupé » à en transporter la terre et les décombres, lorsqu'un des premiers négocians de Hhaleb, avec qui j'avois » été lié autrefois, me rencontra par » hasard, et, m'ayant reconnu, me racheta pour dix écus d'or. Il me conduisit chez lui, et me donna sa fille » unique en mariage, avec cent écus » d'or pour sa dot : mais cette femme altière et d'un caractère insupportable, » ne me laissa jouir d'aucune tranquillité, et empoisonna par ses emportemens toutes les douceurs de ma vie.

» *N'êtes-vous pas*, me disoit-elle souvent avec aigreur, *n'êtes-vous pas cet » esclave que mon père a racheté de l'es- » clavage des Francs!* *Oui*, lui répondois-je, *il m'a racheté pour dix écus » d'or, mais il m'a remis dans un plus » rude esclavage en me vendant à vous » pour cent autres écus d'or.* »

Sa'dy ajoute à ce sujet la fable suivante en vers Persans, dont je rapporterai ici la traduction :

« On raconte qu'un loup cruel étant » sur le point de dévorer une brebis, » un homme riche la délivra ; mais le » même soir il l'égorgea lui-même. Sur » le point de mourir, la brebis lui dit » en soupirant : *Vous m'avez arrachée, » il est vrai, de la gueule du loup ; » mais, à ce que je vois, vous êtes de- » venu vous-même pour moi un loup dé- » vorant.* »

Il ne sera peut-être point étranger au sujet de cette note, d'ajouter ici deux autres fables du même auteur, tirées, la première de son *Gulistan*, et la seconde de son *Bostan*.

## I.er APOLOGUE.

« Écoutez le récit suivant : il s'éleva » un jour une dispute dans Baghdad, » entre un drapeau et un tapis de » Perse. Le drapeau, mécontent des » fatigues auxquelles il étoit exposé » au milieu des marches militaires et » de la poussière des camps, dit au » tapis, en forme de reproche : *Ne* » *sommes-nous pas tous deux au service* » *du même maître, de la même cour,* » *du même sultan ! Continuellement en* » *voyage, je n'ai pas un moment pour* » *respirer, et toi tu n'as jamais été ex-* » *posé aux fatigues et aux combats ; tu*

» *n'as*

» *n'as jamais connu ni les déserts, ni*
» *leurs tourbillons de sable, ni leur cha-*
» *leur étouffante : dans toutes les expé-*
» *ditions, c'est moi qui marche à la tête.*
» *Pourquoi donc me surpasses-tu en éclat*
» *et en magnificence ? Tu ne sers que pour*
» *de belles esclaves, brillantes comme la*
» *lune et parfumées comme le jasmin odo-*
» *rant : pour moi je suis toujours, ou*
» *entre les mains des plus vils valets* [a],
» *ou attaché au milieu des vents qui*
» *agitent continuellement ma tête.* Le
» tapis répondit : *Je repose humblement*
» *ma tête sur le seuil du palais, et je ne*

---

[a] Chez les Orientaux ce ne sont point des officiers qui sont chargés des drapeaux. Chaque chef de troupe, dans les combats et dans les marches, fait porter devant lui son drapeau par un esclave à pied qui l'accompagne, et qu'on nomme *Beyraqdâr.*

» *l'élève point comme toi vers le ciel:*
» *quiconque veut s'élever et jouir de sa*
» *gloire, doit croire que par-là il s'expose*
» *à mille peines et à mille dangers.»*

## II.e APOLOGUE.

« Une goutte de pluie s'écoulant » d'un nuage tomba un jour dans la » mer. Honteuse et confuse en se » voyant dans cet espace immense, » elle dit : *Que suis-je en comparaison* » *de ce vaste océan! certes, mon existence* » *est moins que rien au milieu de cet* » *abyme sans bornes.* Tandis qu'elle par- » loit d'elle-même avec tant de dé- » dain et de mépris, une coquille de » nacre la reçut dans son sein [a]; et la

---

[a] Suivant les auteurs Orientaux, tous les ans, le 16.e jour du mois de nisan, les huîtres à perles s'élèvent à la surface de la

» fortune l'y favorisa tellement, qu'elle » devint une perle précieuse et magni» fique, digne d'orner la tête des rois : » ainsi son abaissement même fut la » source de son élévation, et en s'aby» mant dans le néant elle mérita l'exis» tence [a]. »

## VI.

Le mot *Niguiaristan* ou *Nigaristan* signifie proprement en persan *une galerie de peintures, un lieu de promenade et de divertissement.* Plusieurs auteurs qui ont écrit en cette langue, ont donné ce titre à leurs livres.

---

mer, et s'entr'ouvrent pour recevoir une pluie qui tombe à cette époque, et dont les gouttes forment ensuite les perles.

[a] La traduction de la fin de cette fable a été changée d'après les corrections du C.en Silvestre de Sacy.

Celui que nous citons ici, est un ouvrage à-la-fois historique et moral, composé partie en prose et partie en vers, par *Ahhmed ben-Mohhammed êl-gaffary :* cet écrivain est plus souvent désigné par le surnom d'*El-Qazwyny*, parce qu'il étoit natif de *Qazwyn*, ville ancienne et célèbre de l'*Yrak-adjemy*, appelée par nos géographes *Casbin*, qui est aussi la patrie d'*Abou-bekr*, surnommé *Chaban*, d'*Abou-l-Qassem Mohammed ebn-A'bd-êl-Kerym er-raphyy*, et d'un grand nombre d'autres savans renommés par leurs ouvrages, tels que *Zakaria ben-Mohhammed ben-Mahhmoud*, *Negm êd-dyn aly ben-Amran*, *Ben-Kenab*, *Faddel ben-Zakaria*, *Khabyl ben-A'bd-allah*, *Raddy êd-dyn êl-hhakem*, &c.

Le Niguiaristan a été traduit en langue Turke, sous le titre de *Nezhet êl-gehan w-nader êl-zemân*, par *Mohhammed ben-Mohhammed*, surnommé *Altiparmak*, qui mourut l'an 1033 de l'hégire [ 1623 de l'ère vulgaire ].

## VII.

Les commentateurs qui ont interprété le chapitre XXXI.[e] du Qoran, intitulé *Sourat Loqman*, ne sont pas d'accord entre eux sur la véritable signification du mot *sagesse* qui y est employé. Sa'ady, Chaâb, et quelques autres, l'expliquent par celui de *prophétie*, prétendant que Loqman étant neveu de *Job* du côté de sa sœur, et même, suivant quelques-uns, son cousin-germain, il a pu avoir sur le don de prophétie un droit de succession. Cependant le plus grand nombre des docteurs Musulmans se borne à donner à Loqman le surnom de *Sage*, sous lequel il est tellement connu parmi eux, que souvent en le citant ils le désignent par cette seule qualification, sans employer son nom propre.

# TABLE.

FIN.

www.ingramcontent.com/pod-product-compliance
Ingram Content Group UK Ltd.
Pitfield, Milton Keynes, MK11 3LW, UK
UKHW021106290826
14628UKWH00014B/776

9 782012 885783